詩集

風のいろ

あだちリリー

Adachi Liliy

詩集　風のいろ

目次

I　一日花

II　銀河

カバー写真・雨宮　優

詩集　風のいろ

I

一日花

水の歌

改札口を出ると
いく筋もの河が流れる
灰色の淵に浮かび
すべらかにいく青をみつけた

水の歌
三月も終わりの
生暖かい大気に　還ってゆく
透明な水の歌

だが　厳しい季節をすぎて今、
青は何て寂しいものだろう

あのエスカレーターを下りれば
バスターミナル
青はバスに乗るのだろうか？

ショート丈のジャケットと高めなヒールの靴は黒
セミロングの黒髪
細いペン先が描く様な肩から腰と小尻で際立つ
マーメイドスカート

春の街　に見失った後ろ姿の彼女

どこかで
硬質ガラス張りの壁へ歩み寄り
ふわふわ　尾鰭をゆらめかしながら外をみる
青い金魚で
なければよいと

さくら

三分咲の桜が好き
と云う私に
葉桜が一番好き
と　笑った彼女

「なんで？」
ほのぼの香る色にも
一閃の青をみる
硬質感ただよう清らかさ

結婚前の彼女は答える
「あの、赤い軸が見えてるのがいいねん」
若葉と花軸の色が織りまざって
溢れる生命力

それは未来を予知したような

胸に残る　女同士のたわいない対話
彼女は男児二人抱えて離婚し
女手ひとつ稼ぎ育てる
冬の　さくらを経て
葉桜となった

地域猫

表札が「木戸」とある
ここで　きみはご飯をもらっていて
今日も玄関先で眠っている

この間は玄関ドアの傍に並んだ鉢植えに身を寄せて
うずくまり日なたぼっこ
きみの瞳が小路へ向いてるときも
あるよね

「やあ、三毛ちゃん」
膝をついて　かざす右手に
きみは短く鳴いて小さな頭を掌へ寄せてくる
そんな仕草の可愛らしい
僕の脚に痩せっぽちな　からだをスリスリさせて
かまって欲しいときもあるみたい

きみの白く濁った瞳は目ヤニのついた青緑色
喉にグルグル　何かの引っかかる様な
かすれる声
病気なのかな？

今日は玄関スペースに停められている単車の
バイクカバーの上で丸まって
よく眠っている

声かけずに行こう

小路の並木は三分咲き
きみと何度目かの春だよね
いつまで迎えられるかな

八重桜

春　おそく
雲低い空の下
裾のほつれをまといつけておいた
小花柄のフレアースカートはいて街へ出る

図書館の帰り、線路わきの公園で
ひとり眺めみる
八重桜
ぼったりと　うつむいている薄紅は
スカートの揺れにも身を震わせる

一房が際限もなくひらかれて
まるで永遠に拡がり続けようとでもいうように
いかにも淡く
あてどない女の午後の長い時を
慰めるのか　嘲笑するのか

きりもなく身をふるわせて
何かに倦み果てたのか
重そうに
薄紅は　無言のまま
散りもせず

青鷺

会社の敷地内にある
貯水池
アシかマコモか
つんつんと緑、日ごと明るさ増して

今朝も彼は来ている

渋い濃度ある黄金色の水面で
伸びてきた若草は
彼の青灰色した全体をちょうど半分
隠しているのだ

池の中央から外れた　あそこが
居場所なのだろう
じっくり動かないで前方を見据えている
鷺の横顔

池のほとりに一本だけ
芽吹く柳は　まろやかに萌え立ちて
ほとんど無いような風に枝を垂れている
午前八時十分過ぎる腕時計を
確かめた時、

凛然と　彫刻の様にすっくり伸びていた首は
艶めかしく捩れて後方を見遣り
また前方へ頭を戻した
なんと　それはさり気なくも
生き物臭い仕草に見えて

今、立ち去るのを惜しいとおもう
この緑すかして　ゆらめくものの雄々しさに

散歩道

京福電鉄嵐山本線が近くを走る
右京区のまちの中
名前も知らない小道を二人であるく昼下がり

金網の張ってある敷地に沿って
大型プランターが路端に並ぶ
主枝を伸ばし茂る葉と
溢れるほど実が成っているミニトマト

隣には茄子の紫
これはシシトウか青唐辛子のどちらだろう
その隣には胡瓜の緑
オクラの花は薄黄色

指先でちょこっと触れてみるミニトマトの赤
「とるなよ！」

同級生の彼が私へ浴びせた本気の声色
二人で進む小道には歩を止めてしまうものばかり

それは民家の軒下に並ぶ鉢植えの花
それは日が照りつける可愛らしい三輪車
それは古民家の軒先に置かれた睡蓮鉢

やがて進む正面が四条通
白く光って　小さく見えた小路横切るバスの車体
雑多なビルや駐輪場の路傍を歩く

歩調を合わせてくれる彼の腕を引き寄せて
ふたりは黙ったまま　手をつなぐ

大通りまではまだもう少し
バス停まではまだもう少しある
彼の下宿先からの帰り道

蛇の舌

一時間ほど止まないかもしれない
路面に跳ねる　雨しぶき

ショッピングセンターの出入口の側
売り場フロアーから流れてくる冷気で落ち着き
ふと　気付くと
丸みのあるヒップラインの高さに目を
奪われていた

ニュートラルグレイのタイトスカートと
サマーブラウスの白が
マスクを着けている横顔を聡明に印象づける
黒のヘアゴムですっきりと
束ねられた髪がうなじの素肌へ眼を誘う
手中のスマートフォンへ

忙しげに指先を滑らせていた彼女
コンパクトな黒のショルダーバッグから
折りたたみ傘を取り出すと
人だかりを抜けた

急に　ここにいることが
つまらなくなってしまった

それにしても
繁吹き雨よ

小走る女の
細身な背の影が、一匹の
カエルと化し呑み込まれてしまった

切り花

冷たすぎない水の入った
硝子の花びんに　生けられる
丸くしぼんで頭を垂れた二本のガーベラ
それは夏の日、駐輪場の傍道に
三百円の値札を付けてビニール包装されたままの
落とし物だった

萎びた茎に
まだ　みずを吸い上げる力が残っていて
ゆっくり頭を持ちあげてくる

艶を奪われた自分の色など分からず
もう一本は　花びらを開くこと
出来なくなってしまっていて

ひたすらに今枯れつつも枯れ切るまでを
咲き続け

咲きつづける
すがた断つことに
生命がきりりと鳴って虚空へむかって飛び去るのだろう

一日花

ある晴れた日に一軒家の庭で
赤い五枚の花片をしっかり開く大きな花を
母と見たのは　昔の話
花の名前が思い出せずに　覚えた小さな胸さわぎ

茎が真っ直ぐに伸びた葵科の花
「この花はね、今日しか咲かないの。一日しか咲かないのよ」

「だからノンちゃんも」
で、記憶が途切れてしまう
平仮名の「の」しか未だ書けないでいた娘に
若い母はどんな言葉をくれたのか

十三回忌を迎えた夏
忘れてしまっていた花の名前を知った或る日
民家の庭で見た

数本の　濡れそぼつモミジアオイ
その花の隣に膨らんだ赤い蕾が、
雨雫で
首を前に垂れていた

豊水

果皮に張りがあって
ふっくら　している梨の重みを
手のひらで確かめながら

他に並んだバラ売りと
二個一パックのものとも
もう一度　見比べて
スーパーの果物コーナーに
しばらく立ちんぼする
秋の彼岸

あの日
知らせを聞いて駆け付けた
ナースステーションに一番近い個室
バックバルブマスクを装着された
母は

最期にＩＣＵへ転棟した
ベッドテーブルの小皿には
剥かれた二切れの梨
母が自分で剥いて食べようとしたのだ
と、その場に居た叔母は教えてくれた

通夜の真夜中
思い出していたのは
二切れの梨の実の色
甘かったのか
みずみずしかったのか
食感の歯触りはどうだったのか
水っぽくなくて　濃い味だったのだろうか

だから今年も
あなたの命日に
この、手のひらに乗せた豊水を
そっと買い物カゴへ入れるのです

少年

雨の止んだ朝
影を含んだ滴が
街路樹のてっぺんから
次第次第にころがって
葉っぱをかすかにはずませていた

背の高い少年が二人
昨夜みた夢の話か
声を低めてさわやかに微笑みながら
その下を通っていった

足許から呼吸のたびに這い上がる湿気
ふと　気になった
わたしの後ろ姿
冷たい背中をしてはいないか
からだの重い夜勤明け

新緑を仰いでみる
すれ違った少年のみた萌黄色とは
違っている筈の
みどりが唯　白っぽくなって
そこにひろがっていた

朝の月

百合の木の茂る蔭
煤けた石畳で
黄緑色した小さな毛虫に
小型のキイロスズメバチがのしかかっている

目に飛び込んできた
両者のカラダの彩は暗がりから浮き上がって
もだえる毛虫を食い尽くさんとする
荒々しい檸檬色

柔らかく　しめっぽく私を包む木洩れ陽の
冷たい広さの中で
さやぐ音
重たいはずの希望や虚しさが吹き飛ばされて
木の頂にとまった

空は　うす青く和んで見えるのに
ふと気付く
この月の鋭さ

立ち去る時、
何とはなく握りしめるもの
その美しいむごさ
熱さに　慄く自分のいとしさ

ある幻影

カップ麺に熱湯注いで待つあなた
お耳を拝借できますなら
こそっと　お話してみたい

京都駅から地下鉄に乗り四条駅で降りて
阪急電車に乗り換えます
地下鉄の　改札出た駅構内にある
小さな花屋

所狭しと飾られる色とりどりの花が
通行人の目を引きます
ところが　或る日の夕刻でした

花屋の前に女が立ち止まっていた
何の花を見ているのか
小さな花屋は　どうして

その時真っ赤な花ばかり揃えていた
女は瞳　スウー…とかげらせると
花屋の前から立ち去った
あの人の　立っていた跡から
霧のようなものが湧き上がっていた

紅い花ばかりだった筈の店先
それらが皆
薄い白色になっているのを確かに認めた

あの人が色素を吸いとっていったのか
だとすれば今頃
何処を　彷徨っているのか解らないけれど
頭の中も心の中も
いや　足の裏さえも
真紅になっているに違いない
瞳にかかる薄い膜も
真紅にちがいない

涙も紅く流れるだろう

私は　女の立っていた跡に立ちながら
ああ、あの人を
追うべきだったと思いつづけた

夢の　話ではございません
さあ蓋を開けて
どうぞお召し上がりくださいませ

君の宇宙《そら》

僕の瞳にはオレンジだけど
君の目には何色なのか

そよぐオレンジの群れに
君はお尻を向けて移動中
ちょうど僕の胸の高さに居て
翅を広げる
胸部と腹部の背中がはっきり
見て取れる

無人駅の改札を出ると道の端
コスモスが日差しに包まれる

外来受診の予約時間が迫るから
総合病院へ急ぐのだけど今
僕の立っている所

話し　笑い　泣き　怒り
今ボクのいる世界の
ある点をトンと　打つカナブン

まるで君は
銀河のなお遠くからやって来た
宇宙船
スロー飛行で僕に気付かず
横切ってゆく

もう　あえないんだね
君の宇宙をみてみたい

風のいろ

花の時期を過ぎれば気にも止めないでいた
児童公園の隅にある
赤茶けて錆びた鉄の　大きな藤棚

敷かれた石畳に
風雨で変色したコンクリートのベンチ三脚
滴り落ちる　ちいさな葉はとめどなく
ひるがえり軽やかに追いかけ合って
砂地へと移ってくる

足もと流れ来る　なに色とも解らない藤の葉の漣
二羽の鳩が地面に眼を優しく這わせて
息づいている

佇むわたしの耳に　乾いた音
濃い焦げ茶色した大きな葉っぱの葉先は

そり返り丸くなって跳ねながら
緩やかに揺れるブランコの傍まで行くと休んだ

厚みある雲の切れ間からのぞく
あおぞら
白っぽく拡ごる陽にむけて
のべた小指に透ける血の色を見る　私は自由、
若い日のような

再び歩を進めるスニーカーの靴音
公園を抜けると　集合住宅の
ベランダの柵から見える干し物がどれも旗めいている

南の果ての岬

既に色褪せて重たく落ちている花片を
踏みながら歩む林の中は
もう黄昏ている

椿林の木立
わずかな隙間から
聞こえる　波濤のどよめき

腰をおろしてみなさい
湿っぽい土の下から
遠く渡って来た潮の
たどりついた疲れのにおいがする
だから
椿があんなに
木から落ちたとたんに色　褪せるのだ
凪の匂いをかいでごらんなさい

南の果ての風はどんなに
なつかしいか
それは疲れた嘆きの香がするからだ
椿林の下の小径を一人歩いてみなさい
鳴っている
うごめく大気にすいこまれるような
この生暖かい骨肉の確かな鼓動が、
波
風
そして椿の林
ここが四国の南端なのだ

湖の即興曲

ベランダ打ちつける雨音
レースのカーテン越し鳴り響くものが
西の空も
東の空も
緋色　噴き上げ
花火の様に開いていた
湖に　ぴかっと光った一線が在るだろう
そこに連なる峰の優しさ
リビングに居てみえないが
それ故に　雨音の口ずさむ歌をきく

昨日と今日との間は
実は　無限に遠く
今でさえも、過去であるのだから
いかずち
遠退き

新たに思う春たつ日を。

＊

黒く泡立つ湖
風は鋭く鳴り
山がかき消されていく
ふと目覚めた真夜中は限りなくいいものだ
今も　未来もなく
唯、思い出だけが甦ったりする

誰かが　何処かで目覚めて
遠く昔の女の事など考えながら
煙草くゆらせてもいよう
或いは
同じ様に扇風機まわる暗闇に覚めている
まだ見ぬ　女の事を思っているかも知れない
わけても　夏の嵐の夜
ふりすてるべき過去にひしがれたひとには

このうえなく優しいものだ。

＊

北を見れば　湖上の大橋
空の高さに驚いているのか一羽の
停空飛翔する鳶
湖畔の並木
あの朝
一本の樹が、
そこだけが厳しい色をしていた

秋、半ば
あの一本の樹のあしたの紅葉では言えなくなってしまう
あなたへのサヨナラ

石畳の道を歩む　一人
白い冬空に葉を落とした枝、　ほろほろ
映るときがきても
この紅葉だけは心にとどめておこう

そう思えたから　投函してしまったサヨナラの手紙。

＊

「焔の色はなつかしい色だ」
老人は私の肩を抱いて言った
ほら、お前の様な若者には情熱を。私の様な年寄りには美しい過去を。

かつて夜の湖で
対岸の灯の教えるものを説いてくれ
私の道標を築きあげてくれた
老人は
冬を離れる事に
限りない哀しみを覚えると
毎夜　ダンロに薪をくべながら私を呼んで
話すでもなく　話さぬでもなく
常、一ときをすごす。

湖面に霧が立つ

冬には絶対に感じられなかった体中のしめっぽい　けだるさ
老人は麻薬を嗅いだ様に寂しさの中にしびれ
心弱く　思い出す人の影を

晴れ渡った湖は薄青さを　とり戻し
香気を溢れさせ
空も　もう春だった。

心

生命の底にあるのが
わたし
野を吹く風にさからって
歩いていると
影絵のようにみえてくる

Ⅱ 銀河

モノローグ

花を生けずに
花瓶に水をはる

絵を入れずに
額ぶちを吊る

そうして
窓を開け風だけを入れる
北向きの六畳間

雪光る　比良の山稜と
湖の流波に
たゆたう渡り鳥の群れ
潜ったり
水面を羽ばたいて駆けてみたりする
彼らのすがたは

小さく見えて

窓辺に立つ女は
胸の奥ふかくまで吸い込んだ朝の空気を
糸を出す蜘蛛のように
吐き切るのだった

銀河

比良の山を
汲みあげようと柄杓星
ゆったり横たわる　りゅう座の下に

カシオペアの東には
アンドロメダがのびやかな弧をえがき
めぐる星座は三百万光年の彼方の大銀河を抱いて
恥ずかしげに身を縮める

マンションのゴミ収集場に生ごみを出してから
湖畔そよぐ春の夜風に誘われて

暗黒の中　自転しているこの地球
夢なのか　私の在ること

静かに呼吸をととのえてみれば

雲の飛ぶ日
風の鳴る日
暗く空の騒ぐ日に
何時　跳んだ？
知らない
何が　跳んだ？
分からない
速く速く回転しながら鮮やかに輝き
生き生きと素直に　わたしの世界が現れる

その一点に、北極星の小さな息づかい感じながら
十万の夜も百万の夜も見ていたい

橙色のセーター

うつくしい
目に見えぬ砂ぼこりに
高い樹々が　小さな流れを抱いて茂り
不思議な程　ぼうっと目蓋に映る
咲きもしない白い小花

伊吹の頂に残る雪
田圃はまだ　すきかえされていない
そんな時
伊吹山から直接吹く風が冷たくて
こぶしを握りしめて歩いた

かつて春照という村が伊吹町になり
現在の米原市
とある農家の庭に

柔らかそうなセーターが干してあったのだ
午後の天空は晴れながら
しづかに　山から流れくる
沫雪
橙色のセーターの
うづきの様なものが、私の胸に響いてきた

春雨

歎くべきだっただろうか

みずいろの空が
私の上に落ちかかって来るのを感じた時
心は
果てのない
重量感のない
依リ所のない
宙《そら》に巻きこまれて
小さなわたしが
どうして歎きなど出来るだろう
あらゆる神経を弛緩させて
甘んじて　その中に喜んでいただけだった

淡いパープルに白のマーブル模様がやさしくて
ちょうどMサイズの　たまごに似てる

その花
ただ並んで在るのではない二本は
そっと顔を寄せあい語っている
空の香りに溺れてしまった
以前と
何も変わることがなかったのだ

傘もなく
濡れながら
見る、チューリップ

車窓

二両電車のシートから
真向かう窓　で
連なる民家の軒と緑の蔭

物皆の息吹き
重々しくもあり
閑かなる虚しさに堕ち行く
薄暮のとき

欠伸を殺し盗み見る
斜め向かいに居る中年女性は背を丸め
図書館のラベル貼られた分厚い本を
この数日　読み耽っている

カーブして揺れる電車の窓から目に飛びこんで来た
ブロック塀の黒ずみに噴き上がる

八重ヤマブキ
湿った春の
暗い隘路に咲き誇る黄金色は
今日と明日の合間で無意識に明滅する
惰弱な心を砕いてしまった

肉も骨も
プラズマの塵となって
あの窓を　突き抜ける一瞬、
蜘蛛の網のように亀裂が生じ私なるもの消え失せ

そして又　現れる
生き延びる為に
誰の目にどんなスガタで映ろうとも

五月のうた

朝の比叡の峰々から
湧き出る囁きもすみとおる
水辺に五月
若芽に　あめ

黄色く哀れなひびきもつ
麦秋という中で
親しかった男の顔は薄れてゆく
かつての
清々しさは失せ　今、
脂気を十分に落として
湯の香りと共に緑の香りをかぐ夜
さわやかに
伸びているのが解る私の身体

心の底深く流れるものを

何度か　洗い流そうとしたのだったが
風に晒されている胸を湯ぶねにひたしていく

寂しいことは良い事だ
悲しいことも　良い事だ
口ずさむ私の歌が
むりをするなっていっているから

広々とひらけた曲がり角で
自転車を止めて深呼吸するのです

パセリ

かつてお酒の好きな詩人が
青い背広を着て旅に出ようと言った
夏の来るのを待つ短い　ひと時
休日の真昼間
私の心はスーツケース持たず旅に出る

海もあった
太平洋の波の音に吹き消されそうな
か弱い私の心を見つけた所もあった
山もあった
深い木立の中を歩いて
孤りいることが
苦悩を高め
やがてそれを浄化するのだと知った
夏の来るのを待つ短い　ひと時

薄雲の重なり始めた真昼間
干してあるシーツと掛け布団カバーは
夕刻までに乾くだろう
ベランダでしゃがみこみ
プランターのパセリを摘む

この匂い立つ柔らかなパセリが、
目の前で　どんどん巨きくなって
心は遥か遠い緑の森陰をさまよってしまう
今晩
白ワインを楽しみながら
白身魚のムニエルに添えたいのだけれど

遠雷

手をかざし見通す　むこうに段々畑
咲き揃っていた向日葵はもう
どれも　天を仰がず

吹き来る風に
あぜ道の　緑濃い草影
ころがる日差し

ああ、好い天気なのに

手をかざす
むこうに　消え去る段々畑
見知らぬ野原の拡がり
鈍く日輪照りつけて
眩しさに目を瞑る

夏の　溜め息なのか？
雲の浪　遠くで騒ぎはじめる
見開いた目の先、向日葵の一群が
空の青さに震う　不穏な気配を
うなだれたまま虚ろに感じ取っている

赤い灯

サルビアの花の群が
一とき　輝くのを知った
それは夕暮が
しのびやかに訪れる時

あなたの手も触れぬ愛撫が
激しく私を襲っていた
細い目がふと閉じられて
薄い唇が　きつく噛みしめられた

それだけで良かった
夢の様に　大切にして
一人でも生きて行けると確信した

紅いサルビアの花の群の中に
私の全てのものを昇華させた

そして掌に　握りしめている
残った愛だけが　痛い

あのテレビ塔の赤い一つの灯が
涙に　にじんだ
けれども誰も知らない
寄り添っているあなたさえ知らない

最期をむかえるならば

最期をむかえるならば

例えば　夜の病室で
サイドテーブルの時計の秒針は
眠気を誘う靜雨
目をとじて国道の大型トラックの走行音に
聞き入る事の出来る自分でありたい

私は尊いものの様に思い出を持っている

幼い日そして　青葉の季節に
貴女から愛されたという
そんな邪気のない私の姿が
帰って来る筈もないと思えば
なおの事
尊いものの様に抱いている

白っぽく　埃っぽい南の果てのそら
真昼が不気味な目を光らせる
貴女は
蠢めく大気に取り巻かれた
ＩＣＵのベッドの上で

気管切開で人工呼吸するからだが
数箇所チューブで繋がれたまま
もう　目を見開くことも出来ず
毛細血管の破れる音がきこえる
肉塊の限界の叫びをきく
貴女は
何を、
想うことの出来たであろう！

最期を　むかえるならば
与えられるものの
嬉びも恐れも
全て流し去って尽きたいと念う

秋海棠

ゆるやかな坂
下り来た細道の傍、
斑入りの葉の芒《すすき》が目について

辺りに人目無い昼下がり
ふッ　と私有地へ立ち入り
一本手をかける
（あれ、なかなか抜けないわ）
手こずっていると
「あげようか？」
いつから見られていたのか
泥棒の背中

そこには手押し車の老女がニッコリ笑って居る

間髪入れずに深謝した

母の好きだった芒、
命日に一本だけ欲しかった事を
正直に話した

「この芒には、秋海棠が似合うわ」
枝切り鋏を手にする老女は
玄関先のブロック塀に連なり咲いている
ピンク色を選び
何本も芒の束に添えながら
「日向よりも、ちょっと日陰で元気に咲く花なのよ」
奥ゆかしい花だ
と　目を細め愛でる

新聞紙で丁寧に包まれた花束
手渡された時の重量感
自分の好きな花まで分けてくださった彼女の想いが
腕に　伝わってきたのだ。

黒い波

暗いバーで
黒い服がよく似合った女が
しわがれた声で私の名をきいた
煙草とウイスキーの琥珀によどんだ目で
笑いもせず何故
私を　見つめるのか

フロアから這い上がってくる冷たさ

美味な料理も作り得ず
綺麗な衣服も欲しがらず
何か
すきま風が吹きぬける
気づけば一人だった
そんな私は今日
蒼黒い波のうねりに死ぬ筈

幾度か私はむくろとなり
又　生き返ったが
その都度
波の色は何故こうも違うのか

カウンター越しに居る黒い服の女
指先に光る長くのびた爪は
涙の源が涸れているのか
ひらひら　笑い
掴み取るジッポライター

その銀色は、あおく欠けた月輪となって回りはじめる

浜風が冷たいと肩を抱いた記憶
波の間に　男の顔を思い出しながら
目をつむって見える
海底に横たわる私の白骨が薄笑い浮かべて
挨拶した記憶

今日又　渚に見る
空と海との一線に浮かんでくる男を
波のうねりを起す男を
この海の、荒れ方が私を喜ばせるのだ

ハイヒール

薄い霧の
晴れない朝
軽い　ハイヒールを器用にさばいて
女は舗道をいく

昨夜　花開いたに違いない女の性が
そのすんなりした　脚を
わずかに恥じらわせ
プラタナスの落葉
踏みつけることをさける

ひそかに今朝
青きレースに包まれ
締めつけた乳房
何とか外に溢れ出たいと希う情欲の名残りは
きらきらと　瞳から大空へ舞い上り

薄い霧が
やがて　晴れぬ間に
女よ、
美しさを　誇れ

冬の日

畔のみちを濡れながら
駈けて行く少年が
不意に　透明になってしまった
もう同じ姿では帰ってくるまい

寂しさが静かに
胸を浸してゆく時がある
貴方と再び相逢う日のない事を思う時
空気はいやに
冷たく

今朝も
唇に紅をぬり
朗らかに笑っていた
私は

昨晩　涙を流した為に心の中に
もはや動き流れるものが
無くなったというのか
まるで黄昏に
田の中で
煙かすかにたなびかせている
もみがらの様

ああ、
君　居ます
東の空は時雨して
湖は白く　広々とある

アンニュイ

雑然とした卓に
ちょっと戯れに挿した
寒椿の　紅い沈まり

眠れないのです

時は重たいものですね
全て寝静まっているのに
音があるのです

秒針が刻む
藍下黒な泥濘の裂け目から
きこえるのです
私の血の流れでしょうか

滾滾と絶えることない

音を聞き
ボトル開けるリキュール
そうして　呑み込む
嫉妬がやはりあるのでしょう

仕方ないのです

寒椿が付き合ってくれているから
眠れなくてもいいのです

恋を捨てる

吹雪が
私の貴方を吹き払う

急に生き生きとした私を
歓喜の叫びをあげて
とり囲む

ながく空気を吸う事も忘れていた
吹雪の中に　馳けめぐる事を忘れていた
ただ細く　狭い心の中に
彫り出される幻の様な貴方の姿だけを
想いつめて

私の額の〝かしこさ〟は、何処へ行ったのか
捜し求めた事もなかった

雪原で
吹き払われる心の貴方を
きりきり舞いしながら笑ってみている

ヨル

暗闇の中には沢山の物語がある

パリの老いた靴作りが
ハンチングを傾けてかぶっているのは
むかし街の女に
とても粋だわ　と口笛を吹かれたからという話
それでその靴作りは
女房も持たずに年取って寂しい咳をしている

☆

オンザロックのグラスの中には沢山の物語がある

何の木か

雑木林の中を歩くと
木もれ陽がさして
レインコートの男の後姿がいつまでも映る話

きっと落ち葉の頃に違いない
女に偽りの恋をしかけて成功して
偽りの涙で別れた男の後ろ姿の薄いこと

離れていくに従って男の心の中に
ほんのちょっぴりあった愚かな女の姿は
次第次第に影を濃くしていく

☆

チリチリと鳴る氷のグラスに話が多すぎる

ヨル
人に逢う為に爪を磨いた女の話
今夜は花モヨウのワンピースに少し酒の匂いがしみて

きれいな爪だ
と男は言った
その胸の中で目をあいたまま
女はくちづけを交わし

男の首をしっかり抱いて
柔らかい髪を撫でた
何度も撫でた
尖った爪の先に
それはからまり
更に細く

　裂けた

月もない暗闇の夜
男は
女の爪だけを愛した

☆

ヨル
ひとり
オンザロックをなめながら
暗闇の中に
疲れた

海

何時も
碧く拡がって
動くとも見えず動き
光るさざ波が　僅かな物語を示す

岸壁に立って
私が居る
スカートをひるがえす
いっそ　このスカートが風をはらんで
海に　たたき落としてくれたなら

たえ間ない
潮流の　もだえ
紫色のけむった山の連なりに
海が鳴る
初冬だ

暖かい目があった
厚い胸があった
長い道だもの
この人で良いのだろう
と思った夜がある

けれども躯中が乾燥していて
碧ばかり　のみこみたいとねがうのです
海に浮かぶ私の亡骸は
あの波の立つ所に、
諦めたのだったと何度も言いながら
心弱く思い出す　人の影

外はまた　雨なのか？
二十時半回る腕時計
酒の香が　今夜は何故か胸にしみこまず
　店を出れば

小雨濡れる靴音が切ながって

三歩離れた後ろから　ついて来るのです

あとがき

　書きたいと希み続け、二十数年間かけて作品に仕上げたものや、この二年以内に書き上げた作品の中から熟考し選びました。そのどれもが、「詩を書く」ことで精魂込めて産み出した、私にとっての生きる活力であり、道標です。

　この度は、親しい人達や友人、家族からの応援や助言を頂きましたお蔭で、こうしてささやかな作品集を手がける事が出来ました。とても嬉しく思っています。

　大変お世話になりましたサンライズ出版株式会社編集部の矢島潤様、詩集制作にご尽力賜りました平瀬たかのり様、装幀のお写真をご提供くださいました雨宮優様、過分なる推薦のお言葉をいただきました水沢郁先生、本当にどうもありがとうございました。

　最後に、大切な日常のお時間を割いて、お読みいただきました皆様に、心からの感謝と御礼を申し上げます。

あだちリリー

プロフィール

あだちリリー

1969年生まれ。滋賀県大津市在住。近江詩人会会員
2023年　滋賀県芸術文化祭賞　特選１（KBS京都賞）受賞

詩集　風のいろ

2024年７月20日　初版第１刷発行

著　者　あだちリリー
発行者　岩根順子
発行所　サンライズ出版
〒522-0004 滋賀県彦根市鳥居本町655-1
TEL. 0749-22-0627　FAX. 0749-23-7720
印刷・製本　サンライズ出版株式会社

 ISBN978-4-88325-823-9